하늘뼈 나무

박 잠

1965년 경남 밀양에서 태어나 부산교육대학(1988)을 거쳐 울산대학교 국어
국문학과 박사과정(2006)을 수료했다. 현재 울산 강동중학교에서 진로진학
상담교사로 재직 중이다. '잠(潛)'은 필명이며, 본명은 '화선(和善)'이다.
mooa6505@hanmail.net

황금알 시인선 149

하늘뼈 나무

초판발행일 | 2017년 6월 30일

지은이 | 박잠
펴낸곳 | 도서출판 황금알
펴낸이 | 金永馥
선정위원 | 김영승 · 마종기 · 유안진 · 이수익
주간 | 김영탁
편집실장 | 조경숙
표지디자인 | 칼라박스
주소 | 03088 서울시 종로구 이화장2길 29-3, 104호(동숭동)
물류센타(직송 · 반품) | 100-272 서울시 중구 필동2가 124-6 1F
전화 | 02)2275-9171
팩스 | 02)2275-9172
이메일 | tibet21@hanmail.net
홈페이지 | http://goldegg21.com
출판등록 | 2003년 03월 26일(제300-2003-230호)

ISBN 979-11-86547-65-6-03810

하늘뼈 나무

박잠 시집

황금알

작년 초파일을 앞두고 영천 은해사에 갔었다. 그 무렵 건강이 좋지 않았는데, 수령 400년의 향나무를 보고 용기를 얻었다. 나무의 표피는 극도로 메말랐지만, 뿌리와의 오랜 교신으로 버티며 순례자들의 영혼을 살찌우는 그 어른스러움은, 지금도 깊은 감동으로 가슴에 남아 있다. 나의 시詩도 나무처럼 읽는 이의 영혼을 살찌울 수 있으면 좋겠다.

2017년 늦봄
박잠

차 례

1부 제비꽃

2부 태화강 대숲에 눈이 내리면

3부 몽돌

4부 밥상 앞에서

5부 당신은 누구십니까?

1부

제비꽃

봄의 역사

봄이었나 봐
곰과 호랑이가 동굴 속에서
삼칠일 동안 먹은 것이라곤
쑥과 마늘이었으니

곰은 동면하며
빛을 보지 않아도
쑥과 마늘의 근기로
여인처럼 고와졌네

지모신地母神이 된
곰부족 이야기는
봄으로 거듭
뇌세포에 유전되고,
쑥과 마늘로 전승되어
혈맥을 이루었네

봄이었나 봐
역사가 시작된 것은

문자도 文字圖

봄길 위에
흩날리는 꽃잎들
글자 되어 눈 앞을 가린다

어두운 생生 앞에
이토록 밝은 마음 있으니
평생 이 길이 봄길이면 좋겠다

꿈

꽃이 나를 보는 건지
내가 꽃을 보는 건지
한 생애 봄마냥
어지러이 피었다가
오가는 길 다 모르고
절로 절로 지는구나

초봄

햇살 가득 모여 앉은
고택 앞마당
꽃샘추위 담장 너머
머뭇거리다
아찔한 암향暗香에
발길 돌린다

하루해가 짧은
종부의 시간
장독대에 닿는 손
아직도 시린데
먼 곳 매화 소식
님 마냥 그리워
버선발로 뛰어나가
대문을 연다

봄날

버들 새순 사이로 꽃비 내린 날에는
꽁지 긴 까치가 혼자 나와서
날지도 않고 걸어 다닌다

꽃잎 떨어진 자리
한숨 쌓인 그 자리
첫눈 내린 날처럼
가슴 두근거리며
날지도 않고 걸어 다닌다

봄은 까치 꽁지 끝에 꽃잎으로 머문다

제비꽃

내 어렸을 땐
제비꽃은 작은 꽃이 아니었다
홀로 걸어갔던 긴 강둑길에 피어
엎드려 두 손으로 움켜쥐면
보랏빛 꽃잎이 속삭이는 말
조금만 더 낮추면 내가 보여
강바닥 모래알이 훤히 보이는 그곳을 떠날 때까지
제비꽃은 어김없는 내 친구
이제 제비꽃은 두 손을 땅에 짚고 엎드려도
내 볼이 닿을 수 없는 더 낮은 곳에서
안쓰럽고 작은 얼굴로
옛날처럼 다정하게 나를 부른다
나이는 그냥 숫자일 뿐이야, 아직도 넌 내 친구인걸
늘 같은 위치에서
산 그림자 다 비추는
보랏빛 그 마음
오늘도 내게 어른거린다

금낭화

시간이 지나간 자리
꽃불로 맺혔다
마디마디 지핀 사연
누굴 위해 타올랐나?
타다 만 사연은
호접胡蝶으로 남았네

여름 찾아 오는 길목
봄 떠나는 긴 하늘가
붉은 마음 안고 간다
호르르 홀 호르르 홀
비상하는 꿈은 그대 향해 있다

코스모스

함께 있다는 것이
이렇게 설레일 줄
일찍 알았더라면
봄도 그냥 지나치지 않았을 텐데

피어있다는 것은
환한 그리움
먼 하늘로
하염없이 흔드는 손

제각각 다른 손금들이
가을을 소리 내 읽는다

오, 너는

언 땅을 박차고 나온 너는,
빛나는 태양을 닮았구나
너의 당돌한 모습에
봄이 두 눈 동그레 뜨고
주춤주춤 물러선다

지난 계절
깊은 어두움 속에서 너는,
무슨 꿈을 꾸었느냐?

피 한 방울 흐르지 않는
지심으로부터 너는,
태양의 넋
해바라기의 꿈이 그리웠느냐?

머지않아 흑점으로 남아
보오얀 한숨을
한 하늘로 길어올릴 너는,
민 . 들 . 레

도라지꽃

보랏빛 도라지꽃
무슨 말이 하고 파서
가는 목 길게 빼어 갸웃거리다
땅속 깊이 묻은 마음
누가 알까 봐
꺾어질 듯 휘어져선
고개 돌리네
그렁그렁 눈물샘
쏟아질까봐
하루에도 몇 번씩 고개 돌리네

동백꽃 연가

동백은 어찌하여
말도 없이 피었는가
사랑한단 그 한마디
찬바람에 실어주고
베갯잇을 적셔오는
눈물인양 피어나서
불붙는 맹세로 남아
사무치게 우는가

자목련

어느 천 년의
혼이 차올라
멍든 가슴가슴
문지르는가

2부

태화강 대숲에 눈이 내리면

낙엽을 바라보며

하늘도 축복이 다한 날
지상에 남아 저들끼리
살아온 분주한 삶들을 이야기하는
가을 잎들을 보라

퍼지고 꼬이고 말라 비틀어진
제각각의 색깔과 모양일지라도
한 바닥에 가볍게 누워
서로를 누르지 않고도
바람의 무게로 공존하는 그들

더운 입김 다 사라져 버렸다고 해도
기대오는 몸이 마냥 고맙다
허욕과 세상의 수많은 유혹들 남김없이
증발된 육신들끼리
마지막 자유의 몸짓은
세상 가장 낮은 곳에서
이토록 아름답고 숭고할 줄이야

나무, 그 생존의 비밀

지심을 향해 뿌리를 내리고
평생 단 한 번의 굽힘도 없이
꼿꼿이 자신을 지켜온 나무

그러나 혼자가 아닌 여럿이
한 곳에 살아온 나무라야
뿌리가 번겨간
땅속 어둠의 길을 더듬어
지상에서의 높이와 간격을 가늠한다

서서 죽는 날까지
호흡을 가다듬고
생生과의 긴장을 늦추지 않는 나무
나무가 우리보다 오래 사는 이유다

까치밥

가지 끝을 물고 중력에 맞서
빛을 통과시키면 심장부터 익는다

기다림의 끝은 시리고 아프리라
남겨진 사유의 시간 그 해맑음이여!

들리는가
내 심장을 찾아
허공을 두드리는 소리

첫눈 오는 날
그와 내가 만난다면
비껴가지 못한 운명을 탓하리라

그러나 어쩌면 나 이대로
긴 하늘 속에 묻힐지도 몰라

거목*의 노래

또 한 해가 가는구나
내 나이를 묻지 마라
해마다 오늘
교정을 떠나야만 하는 너희들
꿈과 희망에 부푼 모습
한결같이 믿음직하다
나는 평생 언양고를 지키마
이제 떠나는 너희들
이 세상 곳곳을 여행하겠지
수많은 이야기를 간직하게 될 너희들
다시 이곳을 찾아온다면
내 넉넉한 품으로 받아 주리라
새 가지에 연초록잎 돋아나는
인생의 봄에
우리들의 story는 history가 되어
한반도의 정맥으로
영남 알프스와 함께 우뚝하리라
나는 죽지 않는다
다만 잊히는 것을 슬퍼할 뿐

* '히말라야시다', 울산 언양고등학교의 역사와 함께한 큰 나무

태화강 대숲에 눈이 내리면

막 싸늘해진 공기 맞으며
비빈 눈으로 보면 더 곱다
뭉치지도 않고 제각각
댓잎 위에 걸터앉아 하릴없이
바스락바스락 이어가는 이야기

기다리지 않았는데
와 줘서 고마워
들릴 듯 말 듯 말 건네는 잎새에 그만
여위고 보오얀 몸 흔들리고 말아
떠난다는 말은 차마 못 했네

십 리 대숲길 따라 봄까지 가 볼까나
누군가 찍어놓은 발자국 따라
사뿐사뿐 긴 옷자락 끌면서 가자
겨울강 낮게 흐르는 곳
봄 눈이 맑다

서선西仙*예찬

보라,
동해 고래의 푸른 숨결,
머언 신라적 향기로운 노래가
그윽이 흐르는 서선 뜨락에
면면히 이어갈 민족혼의 꽃봉오리들
여기 앞다투어 꽃피워가나니
비로소 역사가 산맥을 이루어
이 산하를 출렁이게 하는구나

* '서쪽 선녀', 울산서여자중학교를 상징하는 말

남해 물건리에서

나목들 사이로 걸어가 보셨나요?
겨울이 나목들을 껴안고
바다를 내려다보는 언덕에 서 보셨나요?

연둣빛 속잎을 굳은살 속에 감춘 채
옅어져 오는 바다를 바라보는
나목들의 눈을 들여다보셨나요?

두 팔 벌리고 아우성치며
해안으로 달려드는 포말들의 행진
발끝으로 전하는 수평선 너머 소식

어쩌면 겨울 남해 물건리에 가면
두 눈에 물살이 부챗살처럼 퍼지는
나목이 된 사람들을 만날 수 있을 거예요

하늘뼈 나무

눈 온 날 아침
나는 나무가 하늘뼈로 남은 것을 보았다

둘레가
사람의 손이 닿을 수 없는 거리만큼
환해서
온몸의 뼈를 그대로 드러낸 나무

오직 한 배경으로
누구라도 운명처럼 마주하면
그림자가 되는
싸늘하고 투명한 나무의 겨울

눈 온 날 아침
한 하늘 아래
나는 나무와 서로를 견지하며
한 치 물러섬 없이
꼿꼿이 섰다

감나무집

외로울 때는 감나무집으로 오세요
샹송은 없어도 물소리 아늑하고,
새들이 속닥거립니다
슬플 때도 감나무집에 오세요
감꽃이 졌는데도
도라지꽃 보라색 눈물처럼 피었답니다
눈물꽃 다시 핀 감나무집에 오세요
그리움 영글어 감이 익어갑니다

호랑가시 나뭇잎

꿈은 아직도 푸른가
호랑가시 나뭇잎
그래서 아직은 시월
땅보다 하늘이 좋아
나뭇가지를 지킨다

꿈이 물들면
그때 하늘과 결별하리
그러나 지상의 축제는
하늘과 땅만큼 아직 멀었다

3부

몽돌

돌과 흙으로 세상과 맞설 때
— 신석기인의 넋을 위로하며

그때 그랬지
돌과 흙이 우리를 지켰어

비 내리는 날,
오도카니 움집을 지킬 때도
흙은 정직하게 곡물을 키웠어

마른날 하늘에 해 돋으면
불어난 강물에
물고기 떼 지어 가듯
우리도 돌칼 들고 강가를 뛰었네

그렇듯 세월은 가고
늙은 몸 뼈로 남아
돌과 흙을 의지처로
여태껏 견뎌왔어

이제 보이는 것 들리는 것
아득하기만 한데

우리는 어디에 있는가?
풍화되는 모진 시간이여!

바닷가에서 돌을 만나다

바닷가 돌들은
파도치는 쪽으로 앉아 있다
더 잘 들으려고
바람 부는 쪽으로
몸을 돌리고 있다

바닷가 돌들은
나란히 앉아 있어도
소리를 낸다
오래 들어 익숙해진
물결무늬 가슴으로
서로를 환히 들여다보면서
마주 보지 않는 날에도
저절로 소리 내고 같이 듣는다

바닷가에 와서, 나는
이야기를 듣는다
내 가슴도 돌들처럼
환히 비추어져
나란히 앉아 친구가 된다

청량사清凉寺

피안彼岸으로 가는
하늘길을 물어볼까
걸어서 가야 하나
둥둥 떠서 오르는가
인욕人慾으로 갈 수 없어
엎드려 바위산에 합장하노니
천 년을 건너오듯
이 한 몸 오롯이
중생 뜻 모아
불사佛事의 법法 이루게 하소서

석남사에서

불필 스님 회고록을
심안心眼으로 읽으니
책갈피 사이로
맑은 바람이 일렁이다
반야심경 글자를 뿌려놓고 간다
아는 글자, 모르는 글자
법당 안에 흩어지네
책을 덮고
눈 감은 채
읽었던 글 되새기니
반야심경 한뜻으로
풍경소리 긋는다

아침 바다

1

새와 내가 부리의 감각으로 살아왔음을 아침 바다에 가서야 알았다 파도치는 바닷가 바위 끝에 앉아 나처럼 어부를 바라보는 새의 강한 눈빛

2

등을 구부리는 어부가 배 위에서 건져 올리는 건 아침 바다 한 조각, 그것은 생의 환희일 텐데, 나는 바위 끝에 앉은 새보다 조금 느리게 부리의 감각에 갇힌다

3

아침 바다가 떠오르는 햇살에 온몸을 적실 때까지 새는 나보다 깊고 더 오랜 자세로 조각난 바다를 하나둘 삼킨다 내 입안에도 바다가 고인다

몽돌

고향이 심해深海라고 했지
떠나온 길이 팍팍했던가?
더는 작아지지 않은 너의 모습에서 진화의 흔적을 읽
는다
바다에 살뜰히 궁글리고 술렁이던 몸속
심해를 그리워하여
아침마다 수평선 너머 떠오르는 해를 기다리고
달려오는 파도의 소곤거리는 이야기를 귀에 담는다

고향

산 깊섶에 모과들이 모로 누웠다
이마를 맞댄 채
깊은 주름살로 여위어 갔다
기다림은 이토록 애절한 것인가
떠난 이들은 돌아오지 않고
짓무른 눈으로 바라보는 들녘은 노을만 오갔다
절로 자란 산야초
서로를 에워싼 구름
시린 강물로 흐느끼는 밤
산 길섶에 모과들이 모로 누워
밤새도록 옛이야기 꽃을 피웠다

돌의 노래

내가 다른 사람의 의자였을 때
낙엽이 떨어지는 때를 기다려
모국어로 채워진 술잔일 수 있었다

내가 다른 사람의 흙 묻은 신발에 밟혀
비가 오기만을 기다릴 때는
전투 끝에 남겨진 피 묻은 투구일 수 있었다

내가 부처의 형상으로 거듭났을 때
사람들은 비로소 내 앞에 머리를 조아렸다

일체유심조一切唯心造
설법說法은 내가 한 것이 아니고
내게 마음을 비춘 중생들이다

박목월朴木月 생가生家를 찾아서

목월 생가 400m 전
길 잃은 새가 된다
어디로 갔는가
모량리에 자란 목월은
가고 없는데
목월의 자취를 찾는 새는
앉을 나뭇가지 하나 찾지 못하네

달이 뜨려나
생사윤회를 벗어난 달
금척리 고분 위
마른 나뭇가지 사이
겁 없는 달이 지나가던 길

어두워지는 모량리에는
목월을 부르던 새들 대신에
불도저 크레인 대형기계들이
일손을 놓고 저녁을 차린다

고래들의 블랙홀

우리가 까닭 없이 죽은 곳이
암각화*가 그려진 바로 옆 바위 모서리

노을이 질 때
찢겨진 살 사이로 터져 나온 붉은 피는
물살 속으로 빠르게 퍼져 나갔지

어디선가
들려오는 포효
먹이를 찾아다니던 갈가지가
길게 몸을 늘이며 산길을 뛰어간다
백양나무 가지 사이로
빛나는 두 눈
나의 죽음보다도 무서워라

싸늘해지다 무거워지는 몸
하얀 배를 뒤집고 물살 위로 떠오르다
물속에서 천천히 눈을 감는다
멀리서 들려오는 함성과 창 부딪는 소리

그들이 누구인지 나는 알지만
축제는 이미 시작되고 있었다

* 울산 울주군 언양읍 대곡리 반구대 암각화

파도

엄마, 엄마 부르니
파도가 대답했다

네가 울면 나도 울어
바다가 아프단다

바다가 아프지 않게
울음을 삼켰더니

파도가 다정하게
까칠한 손 내민다

이마에 지그시 닿던
엄마 손 감촉같이

빗소리

비에도
뼈와 살이 있어
내릴 때
흐느끼고
몸을 비튼다

눈을 감아도
창밖을 바라보아도
살 밖으로 나온 뼈
맞부딪는 소리

하늘이 낮아 오고
새소리마저 끊어지면
비는 지상에
무더기로 눕는다

서로를 적시며 더불어 갈 때는
흐느낌도 원망도 없이
오직 한길로 간다

4 부

밥상 앞에서

매미 소리

여름 내내
매미 한 마리 보지 못하고
매미 소리만 들었다

따라 우는 매미
진짜로 우는 매미
떼쓰는 매미
윽박지르는 매미

여름 내내
매미 소리 들으면서
나도 울고 싶었다

갈 곳이 없다
숲이 그립다
정말로 마음 놓고 살고 싶다고

팽이

돌기를 그치면 죽는다는 것을
팽이는 알까
누군가 다시 돌려줘야 하는
운명의 주재자를
팽이는 알까
팽이,
누군가의 채찍질로 목숨을 연명하는
그 슬프고도 아름다운 운명
나도 팽이처럼 돌고 있는 중

낙조는 살아 있다

계절의 끝 빈 마음으로 선다
같은 높이로 오를 수 없는 하늘과
더는 뿌리 내릴 수 없는 차가운 땅,
그곳은 태초의 바다였기에
먼바다 조개들의 낮은 흐느낌에도
흑두루미는 날개를 편다

새벽이 멀지 않듯
갈대숲 파아란
봄은 오리라
용산 동백잎에 살아있는 낙조가
귓불을 타고 얼굴을 물들이며
마침내 바알간 동백꽃으로 피어나듯
봄은 다시 오리라

계절의 끝
빈 마음으로 선다
시린 가슴들이
바람에 서걱이며

서로가 언덕이 되는 갈대숲 사이에서
핏빛의 지느러미로 펄떡이는 낙조를 본다

시계

가고 싶다
빨리 가고 싶다
그러나 몸이 말을 듣지 않는다
누구인가
내 몸을 죄고
마음보다 앞서가지 못하도록
늘 지키고 있다

똑같은 걸음으로 흔들리지 않으면서
일심동체一心同體로 살아가는 나다
바쁜 사람들의 사랑을 받지만
느긋한 사람들의 무관심에
어수선한 마음이 자주 흔들린다

심연深淵에 마음 추스르다
내 몸끼리 긁으면
어느새 온몸으로 우는
가을 귀뚜라미가 된다
깊고 푸른 밤에

일체一體의 공명으로 가는
귀뚜라미 마음이 된다

밥상 앞에서

내 초라한 밥상 위에
밥과 김치와 숟가락 젓가락이
영혼을 저울질하듯 모였습니다

서로가 서로에게 존재가치를 더해주며
하나 되는 밥상 위의 질서가
시詩의 탄생을 예고합니다

쌀 한 톨도 소중한 숟가락의 양심
다진 마늘도 집어 드는 젓가락의 섬세함
밥상은 영혼을 저울질하며
세상에서 가장 간결하고 숭고한
시詩를 탄생시킵니다

시詩, 마늘밭에 묻다

마늘밭이라야
시도 굵고 여물다
땅속 깊은 어둠과 찬 바람 소리
들어야 마늘이 더 매워지듯
시도 그렇게 키워야 한다

아아,
그러나 오래도록
시를 묻을 마음이 필요하다
봄 여름 다 지난 어느 하루
마늘밭에서 독한 고독을 기른다
마늘보다 더 매운 시를 얻으려고
마음속에 마늘 하나 묻는다

이삭줍기

강 건너 논에
벼 벤 그루터기
드문드문 누워 있는
벼 이삭들

엄마와 내가 한나절을
빈 자루에 주워 담았다

그 땅이 우리 땅이었어도
벼 이삭을 주웠을까

땅이 없었기에
더 소중했던 벼 이삭들

엄마와 나는
한나절을
벼 이삭을 줍고 주먹밥을 먹었다

지금도 나는

그 어린 시절,
이삭 줍던 날의 엄마 마음 다 모른다
눈물 비벼 뭉쳤을 주먹밥맛 모른다

겨울을 푸르게 나는 것들

마늘을 심었는데 오히려 냉이밭이 되었다 찬 바람 속에서도 서로를 의지하며 맵고 알싸한 향기 못내 주고받는데, 말은 못해도 사람보다 더 오래 종을 번식시키며, 찬 대륙을 살찌운다

높은 곳에서 바람 소릴 먼저 듣는 우월한 종, 소나무의 날카로운 외침에 마늘도 냉이도 한껏 긴장하며 땅속 잔뿌리부터 저려온다 겨울을 나는 것은 누구나 힘들다 그러나 함께라면 견딜 수 있다 마늘과 냉이가 서로를 의지하며 바람에 맞서지 않고 소나무가 이끄는 대로 푸르게 자라듯

거미

철학자 거미
비 오는 오늘
처마 밑 불전佛前에서
구도求道의 길을 간다
허공虛空을 응시하며
생사生死의 그물을 통과하는 순간까지
마음을 비우면서 몸통을 팽창시킨다

처마 끝에서 물방울 떨어진다
잠깐 하늘이 열리더니
거미가 온데간데없다

달팽이는 어디로 갔을까?

비 개인 날
찾아오던
땅속 눈물샘

사막의 여행자
낙타를 부르는
곧은 더듬이 한껏 세운
우주의 오아시스

지천명에 찾아온
마르지 않은 눈물샘
오늘은 어느 동심
끝자락을 붙들고 있나

달팽이 따라 걷던
유년의 길섶에서
문득 놓쳐버린
시간을 더듬으면
달팽이

우후죽순으로
햇살 아래 놀고 있다

뱀

도랑을 거슬러 오르던 네가
오늘은 대추나무 위로
온 밭을 다니니
꽃뱀인가, 독사인가

죽일 수도 없고
살려 두자니 다시 만날까 두려워
아아, 이곳은
누구의 안식처인가

고라니도 머문 곳
키 작은 소나무 숲
너도 가끔 출몰하는 이 생명의 땅에
나도 너처럼 마음 놓고 놀려면
얼마나 긴 억겁의 시간을
네 눈과 마주치며 나를 만나야 하는가

우리 서로 죽이지도 두려워도 말고
햇빛 가득한 이 축복의 땅에서

길들이지 않고 예의를 지키며
당장 이웃으로 살 수는 없는가

부엉이의 말씀

찬 서리 맞으며
싹을 틔웠는데
간밤 고라니는
마늘밭을 찾았단다

새잎 뜯어 먹고
어느 산기슭에서
맑고 차가운 똥을 누는데

부엉이도 지나가며
한소리 했단다
밤이라고 마음대로
먹고 싸면 안 되지
정말 안 되지

5 부

당신은 누구십니까?

금척리金尺里에서

고분古墳도 세월 앞에
언덕이 되었다
산과 마주한 그곳에서
천 년이 넘도록
어깨너머로
해日를 주고받으며
생사고락生死苦樂을 함께해 왔으니

삼화령에서 길을 묻다

삼화령 돌부처는
충담사의 달인 차를 마시고
남산에서 내려갔다

미륵 세존이 돌아올 시간
남산 그늘진 솔숲을 메운 무덤들이
머리 조아리고 기다리는데
삼화령 돌부처는
반월성을 배회하다 박물관에 갔다

충담사가 차를 달여 삼화령에 다시 오면
돌부처도 미리 와서 기다릴텐가?
기파랑을 찬 하는 충담사의 노래 듣고
머리 조아리던 무덤들이 일어설까?

미륵세존이 돌아오는 그 시간,
남산 그늘진 솔숲이 떠들썩하다
하산하는 인파에 삼화령은 흥겹다

토우
— 악공의 노래

숨 한 번 크게 쉬고
외치고 싶다

'코스모스 길따라 걷다 보면
그곳까지 다시 갈 수 있을까?'

걸어본 적 없어도
여기까지 왔는데
돌아가는 길은 아득하구나

그립다고 말하기에
너무 가슴벅찬 시간

우두커니 앉아
손끝만 바라보네

논

가을걷이 끝난 논은
발굴이 끝난 유적지처럼
매운 바람 앞에 움츠리고 있다

한때 고개 숙인 마음들이
줄줄이 떠나고
남겨진 지푸라기
넋두리 하는 논바닥

쩍쩍 갈라진 민심들이
눈雪을 이기고
맨 발로 설 때까지
오래된 성벽으로 남은 두렁이
조각난 꿈을 이으리라

시간의 광맥 앞에
논은 온몸을 드러내어
완강하게 겨울을 버텨내고
봄을 맞는다

연

연이 뜬다
줄줄 논다
얼레질에 바쁜 손
하늘 향해 뻗으면
연줄로 이어진 이승의 삶들이
바람에 꿈을 씻고
햇볕에 마른다

'이제 됐다
이제 됐다'
구 층 목탑 꼭대기
님 떠난 그 자리
발끝으로 선다
지상과 팽팽하게
연줄로 이어진
아아, 이곳은
그토록 그립던
온 세상 품어낼
마음 한 자리

캄캄한 밤이 와도
등불로 비춘다

당신은 누구십니까

— 아사녀가 처용에게

나는 지아비를 찾아
머나먼 길 걸어왔건만
당신은 누구시기에
늦은 밤 아내를 보고 춤추고 노래하셨나요

같은 서라벌에서
서로 다른 시간을 살며
힘들고 괴로웠던 우리
나의 혼은 한때 영지를 떠돌았지만
당신은 누구시기에
그 누구도 간 곳을 모릅니까

나의 지아비는 아사달
불국사 탑을 만든 백제 석공
석가탑과 함께 불멸하지만
당신은 누구시기에
아내를 빼앗긴 자의 노래와 춤으로
자신을 위로하였습니까

같은 시대를 살아가지도 않았고
서로 다른 사랑을 찾아 헤매었는데
'무영탑'과 '처용가'가
고혼孤魂들을 불러냅니다

처용 아비여!
당신은 누구십니까
어딘가에서 얼굴을 가리고
춤추며 노래할 당신은

행궁에 가면

수백 년을 살아온 느티나무
오늘도 기다리는 것은 효孝
우리 모두 너무 오래 잊고 사는 것은 아닌지

행궁에 가면
만날 수 있는
정조의 갸륵한 마음
살아서도 다 못할 효孝
넋이라도

행궁에 가면
저절로 알 수 있어
배우지 않아도
느티나무를 보기만 해도

봄 길

혼자 가기에 너무 두려운 길
그 길 위에 죄 없는 눈빛들이 쌓여
발길 아래 눈알을 굴린다

마주치지 말자고 허공을 바라보면
아아, 이곳은 숨 막히도록 환해서
내가 다 보이는 길

돌아가기엔 너무 멀리 온 길
그 길 위에서 나 망설이네

솜사탕

해 질 녘
천관사지 향하는 농로 위로
솜사탕 꽂힌 수레가 간다
젊은 날 전쟁터를 누비던
노인의 뒷모습
색색의 솜사탕이 흔들릴 때마다
검은 실루엣으로 가파르게 오른다

초봄이라
일요일이라도
가족 나들이는 아직 이르지
다 팔지 못한 솜사탕이
수레 위에서 저마다 춤을 춘다

꽃이 피어도 저리 고울까
월정교를 넘나들던 봄꽃 향기 아득하다
날이 밝으면
사람들 가슴마다 꽃불 하나 지피러
노인은 또다시 수레를 끌 것이다

봄이 무르익으면
꽃이 피어나듯
노인의 솜사탕도
오래된 맛으로
얼어붙은 가슴들을 녹여낼 것이다

분황사에서 선덕여왕을 만나다

분황사 석탑 앞에서
선덕여왕을 만난다
불에 타 죽은 지귀의 사연,
낮은 음성으로 들려주신다

목숨마저 내어놓는 사랑 이야기
서라벌엔 흔한 일이었기에
절마다 탑이 그리 많았다고 일러 주신다

분황사 석탑 안에
선덕여왕이 산다
돌문을 반쯤 열고
동그란 미소 머금은 채
목숨까지 내어놓는 신라인의 사랑
그 사랑 먹고 지금도 살아 있다

경애왕릉 가는 길

나는 솔방울이
지난 계절
소나무의 굵은 눈물로 보인다

개나리가 눈 뜨는 봄
솔숲 여기저기 도드라진 눈물들
그대로 대지에 스며들긴 아까운
그래서 여전히 마르지 않는 눈물들이
생식生殖의 증거로 남아 발길을 멈추게 한다

연연세세年年歲歲
소나무는 빼곡히 숲을 이룬다
피었다 지는 꽃과 풀 사이로
솔방울이 만드는 오랜 물길
돌을 뒤집고 거슬러 오르면
비운悲運의 신라왕,
눕지도 않고 홀로 앉아 있다

지난 계절 소나무처럼
굵은 눈물 흘리며
역사의 증거로 남아 있다

산, 너에게 묻는다 1

1

울산에서 입실 지나 국도변에 산 하나 망치에 맞아 기절해 있다 어릴 적 오르던 동산만 한 산, 흙으로도 봉합할 수 없는 태초의 시신처럼 절단된 사지가 차갑게 굳어 있다 큰 바위 고만고만한 돌, 한 때 산이 품었던 내장 멈춘 시간이 피를 말리고 있다

2

산은 돌을 품고 오랜 시간 보내며, 길을 만들고 사람을 만나는데, 사람은 산을 때려 꽃과 냇물과 바람의 길을 없앤다 인고忍苦의 세월을 보내는 바위를 꺼내고 피를 말려 먼 곳으로 귀양 보낸다 새 길을 만든다는 말 같지 않은 핑계를 대면서

3

산, 너에게 묻는다 우리는 오랜 시간 함께 해 오지 않았느냐 꽃과 냇물과 바람, 미물들이 함께 했던 그곳에 나를 묻는다

산, 너에게 묻는다 2

1

산에 나무가 많아 숲을 이루면, 사람들이 찾아간다 새를 품고, 뭇꽃들을 피워내며 열락悅樂을 꿈꾼다

2

걸을 수 없는 산은 사람들이 찾아와야 행복하다 그러나 게으른 사람들의 기특한 생각들이 산의 수명을 단축시킨다 케이블카를 놓고, 철근으로 된 구름다리까지 산이 지탱할 수 없는 무게와 살을 에이는 아픔을 선사하며 즐거워하는 사람들

3

산, 너에게 묻는다 너의 작은 뼈마디 하나 다치지 않게, 살을 도려내는 아픔 없이 새를 품어 노래하게 하고, 뭇꽃들을 피워내며 향기를 선사하는 열락悅樂의 시간 속에 우리는 함께 할 수 있다

산, 너에게 묻는다 3

1

울산에서 동해 남부선 타고 해운대까지 가는 길에 벌
거벗은 산들이 줄지어 있다 몇 년 째 햇볕에 타들어 가
다 붉어진 민둥산, 바퀴벌레 같은 포크레인에 날마다 괴
로워하는 산, 보오얀 몸 이제 갓 드러내고 멋모르고 수
줍어하는 산, 산은 저마다의 사연을 안고 부끄러운 육신
으로 떼 지어 서 있다

2

이제 우리가 부를 산은 어디에 있는가 해운대역 지나
부산역 이르는 길에는 자동차에 깔려 죽은 산들의 신음
소리가 난다 일찍 세상을 등진 산, 도심 속에 궤멸된 산,
바다로 침몰하여 밤마다 파도소리로 우는 산

3

산, 너와 함께 했던 수많은 시간들 이제 우리는 어떻
게 만나야 할까 잘려나간 유방처럼 육신에서 떨어져 나
간, 너는 한때 대지의 젖가슴이 아니었느냐? 쓰나미가
오기도 전 종적을 감춘 산, 너의 흔적이라도 찾아 나를
묻는다

해설

자연에 투사된 원초적 생명 의지와 건강성의 시

손 진 은(시인 · 경주대 교수)

1. 은유와 투사, 그리고 대화

전통적으로 서정시는 '동일화의 원리'를 작동시켜서 시를 향유한다. 함축성과 운율이 시의 언어적 특성이라면 동일화의 원리는 시적 자아와 시적 대상 사이에 적용되는 특성이라 할 수 있다. 인간과 세계, 의식과 존재, 존재와 실존의 최종적 동일성은 인간의 가장 오래된 믿음이며 주술과 시의 뿌리이다. 우리의 모든 활동은 사실 양쪽 세계를 소통시키는 잃어버린 통로를 발견하는 것이다. 이것은 시적 자아의 생각과 감정이 시적 대상에 침투되고 상호 간에 하나가 되는 것을 말한다. 전통적인 서정시에서 자아와 세계의 동일화는 매우 일반적인 특성이다. 박잠의 시집에는 "꽃이 나를 보는 건지/ 내가 꽃을 보는 건지"(「꿈」), 시적 자아와 대상의 구분할 수 없는 이런 동일화는 흔하게 볼 수 있다. 우리는 그 양상을 조금 세밀하게 들여다볼 필요가 있다.

　박잠의 시에서 시적 대상은 시적 자아를 포함한 우주를 담아내는 거울 역할을 한다.

　　　내 어렸을 땐
　　　제비꽃은 작은 꽃이 아니었다
　　　홀로 걸어갔던 긴 강둑길에 피어
　　　엎드려 두 손으로 움켜쥐면
　　　보랏빛 꽃잎이 속삭이는 말
　　　조금만 더 낮추면 내가 보여
　　　강바닥 모래알이 훤히 보이는 그곳을 떠날 때까지
　　　제비꽃은 어김없는 내 친구
　　　이제 제비꽃은 두 손을 땅에 짚고 엎드려도
　　　내 볼이 닿을 수 없는 더 낮은 곳에서
　　　안쓰럽고 작은 얼굴로
　　　옛날처럼 다정하게 나를 부른다
　　　나이는 그냥 숫자일 뿐이야, 아직도 넌 내 친구인걸
　　　늘 같은 위치에서
　　　산 그림자 다 비추는
　　　보랏빛 그 마음
　　　오늘도 내게 어른거린다
　　　　　　　　　　　　　　　－「제비꽃」 전문

　이 시에서 시적 자아와 대상의 관계 그리고 언술 속에는 은유를 바탕으로 깔고 그 위에 투사와 대화가 들어 있다. 투사는 시적 자아가 자신 속에 존재하는 생각, 감정, 표상, 소망 등을 자신으로부터 떼어내 그것들을 외부 세계나 타인에게 이전시켜 바라보는 심리적 작용을 말한다. 이번 시집에서 꽃시편이라 부를 수 시들을 비롯하여 많은 시들이 투사를 바탕으로 창작되었다. "호르르 홀 호르르 홀/ 비상하는 꿈은 그대 향해 있다."(「금낭화」 부분), "머지않아 흑점으로 남아/ 보오얀 한숨을/ 한 하늘로 길어올릴 너는,"(「오, 너는」 부분), "보랏빛 도라지꽃/ 무슨 말이 하고파서/ 가는 목 길게 빼어 갸웃거리다"(「도라지꽃」 부분), "어느 천년의/ 혼이 차 올라/ 멍든 가슴가슴/ 문지르는가"(「자목련」 전문) 등이 그것이다. 그 시들은 한결같이 박잠 시인의 미적 자의식과 직관을 보여주고 있다.

다시 「제비꽃」 본문으로 돌아가서 살펴보면, 어린 시절, 나와 제비꽃은 서로가 작았기에 눈길을 같이 맞출 수 있었던 존재였다. 이때 시적 자아는 제비꽃에게서 '조금만 더 낮추면 내가 보여'라는 음성을 듣는다. 대화로 서로의 마음을 나누는 순간, "홀로 걸어갔던 긴 강둑길"에 핀 제비꽃과 나는 친구 관계를 맺을 수 있었다. 그러다 시의 후반부는 성장한 시적 자아가 다시 제비꽃을 만나는 순간이 시화된다. 다시 강둑을 찾은 '나'에게 제비꽃은, 엎드려도 볼이 닿을 수 없는 더 낮은 곳에, 안쓰럽고 작은 얼굴로 존재하지만, '나이는 그냥 숫자일 뿐이야, 아직도 넌 내 친구인걸' 이라고 말을 거는 그 마음은 동일하다. 세월이 흘러도 여전히 동일한 대상의 이 속성을 우리는 통시적 동일성이라 부른다. 자연이 변하지 않는다는 것은 영원에 대한 갈망에서 비롯된다. 변화 속에 갈피를 잡지 못하는 현대인에게 세계의 통시적 동일성은 절대적 가치이고 서정적 이상이다. 박잠의 시에서 대상의 통시적 동일성은 시집 도처에서 볼 수 있다. 그뿐이 아니다. 제비꽃은 "산 그림자 다 비추는/ 보랏빛 그 마음"으로 오늘도 내게 아른거린다. 시적 대상은 시적 자아와 자연 모두를 담는 거울이 되는 것이다. 시인은 인간과 자연이 조화로운 일체감을 가졌던 삶의 세계를 인간의 진정한 가치로 발견하고 있다.

투사로 세계를 바라보는 박잠 시인의 시적 인식이 가장 깊어진 작품은 아래의 시가 아닐까 한다.

눈 온 날 아침
나는 나무가 하늘뼈로 남은 것을 보았다

둘레가
사람의 손이 닿을 수 없는 거리만큼
환해서
온몸의 뼈를 그대로 드러낸 나무

오직 한 배경으로
누구라도 운명처럼 마주하면

그림자가 되는
싸늘하고 투명한 나무의 겨울

눈 온 날 아침
한 하늘 아래
나는 나무와 서로를 견지하며
한 치 물러섬 없이
꼿꼿이 섰다

-「하늘뼈 나무」 전문

시적 화자는 눈 온 날 아침 불순물이 제거된 상태의 푸른 하늘을 배경으로 서 있는, 잎사귀 하나 남아 있지 않은, 여리고 환한 가지들의 둘레를 하늘 뼈로 인식한다. 하늘에게도 뼈가 있다는 것이다. 이어 "오직 한 배경으로/ 누구라도 운명처럼 마주하면/ 그림자가 되는/ 싸늘하고 투명한 나무의 겨울"에 이르면 어느 날 마주치게 되는 우리 존재에 대한 성찰을 불러온다. 나무가 겨울 하늘을 배경으로 뼈를 드러내듯 우리 역시 한 하늘 아래 서면 싸늘하고 투명한 의식과 이에 따르는 그림자를 가지게 된다는 것이다. 우리는 여기서 '뼈'가 결국 자아성찰을 위한 '의식'이었음을 알게 된다. 따라서 시적 화자는 "나무와 서로를 견지하며/ 한 치 물러섬 없이" 꼿꼿이 설 수 있다. 이렇듯 이 시는 운명처럼 마주 서 자신의 존재를 성찰하는 가편이라 할 수 있다.

2. '함께' 사는 삶에 대한 인식

박잠의 이번 시집에 드러난 또 하나의 특징은 더불어 사는 삶에 대한 인식이 두드러진다는 것이다. 박잠 시인은 이런 인식을 독특하게 진행하는데, 그것은 사람을 통해 직접적으로 드러내는 것이 아니라, 사물을 통해 간접적으로 표상된다는 것이다.

함께 있다는 것이
이렇게 설레일 줄
일찍 알았더라면
봄도 그냥 지나치지 않았을 텐데

피어있다는 것은
환한 그리움
먼 하늘로
하염없이 흔드는 손

제각각 다른 손금들이
가을을 소리 내어 읽는다

— 「코스모스」 전문

하늘도 축복이 다한 날
지상에 남아 저들끼리
살아온 분주한 삶들을 이야기하는

가을 잎들을 보라

펴지고 꼬이고 말라 비틀어진
제각각의 색깔과 모양일지라도
한 바닥에 가볍게 누워
서로를 누르지 않고도
바람의 무게로 공존하는 그들

더운 입김 다 사라져 버렸다고 해도
기대오는 몸이 마냥 고맙다
허욕과 세상의 수많은 유혹들 남김없이
증발된 육신들끼리
마지막 자유의 몸짓은
세상 가장 낮은 곳에서
이토록 아름답고 숭고할 줄이야

– 「낙엽을 바라보며」 전문

시 「코스모스」에서 우리가 특히 주목해야 할 것은 "다른 손금들"에서 나타나는, 다른 주체들에 대한 인식이다. 각각의 코스모스들은 저마다의 개성적인 시각으로 가을을 읽어내는 다른 주체들이다. 다른 개성을 가진 주체들이 모여 화음을 이루는 세상을 지향한다. 그렇다면 그 화음은 어떤 방향성을 가지고 있는가? 하늘을 향한 '그리움'이라는 지향을 가진다. 그것도 "하염없이 흔드는 손"에서처럼 엄청난 에너지와 끊임없는 열망을 지니고 있다. 우리는 섣불리 코스모스를 인간으로 환치시켜 해석할 필요는 없지만, 시인이 바라는 세계는 현실을 다채롭게 읽어내는 각기 다른 개성들이 만나 화음을 이루는 세계임을 어렵지 않게 알 수 있다.

「낙엽을 바라보며」에서 나타나는 시인의 시적 지향은 허욕과 유혹, 그 허망과 집착의 무게를 덜어내 버리면 굴신도 자제해지는 삶의 이치일 것이다. 그럼에도 이 시의 초점은 "한 바닥에 가볍게 누워/ 서로를 누르지 않고도/ 바람의 무게로 공존하는"에서 보이듯, '한 바닥'과 '서로'와 '공존'에 있다. 함께 살면서 서로 공존한다는 것은 이 시인이 추구하는 화두 중의 하나이다. 그러나 아무것에도 무게 지우지 않는 이 단계는 자신의 의지보다는 우주의 리듬, 자연의 순리에 따라 이루어진다. "허욕과 유혹들 남김없이/ 증발된 육신들끼리/ 마지막 자유의 몸짓"이 "세상 가장 낮은 곳에서/이토록 아름답고 숭고"해 진다. 시인이 몸체에서 떨어진 낙엽을 시적 대상으로 삼은 것은 무엇 때문일까? 현실의 삶에 대한 성찰 의지가 가장 큰 이유일 것이다. 이는 '함께'의 중요성이 강조되는 아래의 시에서도 나타난다.

> 그러나 혼자가 아닌 여럿이
> 한 곳에 살아온 나무라야
> 뿌리가 번겨간
> 땅속 어둠의 길을 더듬어

지상에서의 높이와 간격을 가늠한다
-「나무 그 생존의 비밀」 부분

　　"지상에서의 높이와 간격"은 "뿌리가 번져간/ 땅속 어둠의 길"이 그 근본 조건이다. 하부구조를 상부구조의 토대로 보고 있다는 판단도 가능하다. 나무는 "지심을 향해" 내린 뿌리를 바탕으로 굽힘 없이 "꼿꼿이 자신을 지켜"올 수 있기 때문이다. 그러나 무엇보다 중요한 것은 "혼자가 아닌 여럿이/ 한 곳에 살아온 나무"라는 구절이다. '함께' 모여서 지속적으로 자신의 생애를 열어온 나무만이 인간보다 오래 살 수 있다. 형상으로서 보편은 개별자인 각 사물 속에 존재한다는 문제와는 다르게 시인은 만물은 혼자 존재할 수 없고 함께 존재해야 한다는 인식을 하고 있는 것이다. "나무가 우리보다 오래 사는 이유다."라는 구절은 인간이 나무를 닮아야 한다는 당위를 담고 있다. 사물을 즐겨 다루는 박잠의 시가 인간의 삶과 내적으로 연결되어 있음을 알 수 있다.

　　　가지 끝을 물고 중력에 맞서
　　　빛을 통과시키면 심장부터 익는다

　　　기다림의 끝은 시리고 아프리라
　　　남겨진 사유의 시간 그 해맑음이여!

들리는가
내 심장을 찾아
허공을 두드리는 소리

첫눈 오는 날
그와 내가 만난다면
비껴가지 못한 운명을 탓하리라

그러나 어쩌면 나 이대로
긴 하늘 속에 묻힐지도 몰라

― 「까치밥」 전문

　시적 주체인 '까치밥'의 고백으로 구성된 이 시에서 우리가 눈여겨볼 부분은 교류와 연대에 대한 갈망이다. 까치밥은 주체로서의 자각이 있다. 이 시의 진정한 감동은 감나무에 놀러 오는 새를 위해 기꺼이 자신의 몸을 내어 줄 준비가 되어 있는 까치밥의 마음이다. 그것은 마지막 연 "긴 하늘 속에 묻힐지도 몰라"에서 하늘 속에 삭아버리는 것을 염려하는 데서도 드러난다. 까치밥과 까치의 교감은 3연 "들리는가/ 내 심장을 찾아/ 허공을 두드리는 소리"에서 드러나듯 허공, 즉 우주와의 교감이다. 까치는 먹이만을 탐하는 것이 아니다. 까치밥은 허공 속 심장으로 내밀히 연결되어 있다. 이는 "십 리 대숲길 따라 봄까지 가 볼까나/ 누군가 찍어놓은 발자국 따라/사

뿐사뿐 긴 옷자락 끌면서 가자"(「태화강 대숲에 눈이 내리
면」)라는 구절과 무관하지 않다. 이 시에서 공간의 거리
는 시간과 연결되어 있다. 인간과의 유대, 그것은 사람
이 밟았던 길을 되짚어가는 유대와 연속성의 문제와 결
부되어 있다.

우리는 여기서 박잠 시인의 '함께'의 함의가 시간적으
로는 죽음 이후(「낙엽을 바라보며」)의 시간까지, 공간적으
로는 사물 내지 생명 너머의 허공까지(「코스모스」, 「까치
밥」), 현상적으로 비가시적인 것에서 가시적인 것(「나무
그 생존의 비밀」)까지를 포괄하며, 결국은 인간과 인간 간
의 유대를 상정하고 있음(「태화강 대숲에 눈이 내리면」)을
살필 수 있다.

3. 역사에 대한 유쾌한 상상력

박잠의 이번 시집에는 역사에 대한 시인의 풋풋하고
유쾌한 상상력이 두드러지는 시편들이 있다. 박잠 시인
의 시에서 드러나는 역사는 사물을 바탕으로 한다. 예컨
대 나무를 대상으로 하고 있는 이 시는 어떤가?

새 가지에 연초록잎 돋아나는
인생의 봄에
우리들의 story는 history가 되어

한반도의 정맥으로
영남 알프스와 함께 우뚝하리라
나는 죽지 않는다
다만 잊히는 것을 슬퍼할 뿐

-「거목의 노래」 부분

이 시는 울산 언양고등학교의 역사와 함께하는 나무에
관한 작품이다. 이때 역사history는 개인 주체들의 이야
기story가 쌓여 이루어진 것이다. 역사란 것은 개인사와
불가분의 관계에 있는데, 개인을 보듬고 어우러져 수확
된다는 믿음을 기초로 하고 있다. 이때 역사는 나무로
표상되는 식물성을 가진다. 박잠이 잡은 역사는 "인류
사회의 변천과 흥망의 과정, 또는 그 기록"이라는 사전
적 의미와는 일정한 부분 다르다. 아래의 시들은 그 점
을 더욱 명확히 보여준다.

그때 그랬지
돌과 흙이 우리를 지켰어

비 내리는 날,
오도카니 움집을 지킬 때도
흙은 정직하게 곡물을 키웠어

마른날 하늘에 해 돋으면
불어난 강물에

물고기 떼 지어 가듯
우리도 돌칼 들고 강가를 뛰었네

그렇듯 세월은 가고
늙은 몸 뼈로 남아
돌과 흙을 의지처로
여태껏 견뎌왔어

이제 보이는 것 들리는 것
아득하기만 한데
우리는 어디에 있는가?
풍화되는 모진 시간이여!
　　　　－「돌과 흙으로 세상과 맞설 때－신석기인의 넋을
　　　　　　　　　　　　　　　　　　　위로하며」 전문

고향이 심해深海라고 했지.
떠나오는 길이 남달랐던가?
더 작아지지 않았던 너의 모습에서 진화의 흔적을 읽는다
한갓 돌이었던 네게 생명을 준 이는 바다
아직도 넌 심해를 그리워해서
아침마다 수평선 너머 떠오르는 해를 기다리고,
시린 발끝으로 달려오는 파도의 지난밤 이야기를 듣는다
　　　　　　　　　　　　　　　　　　　－「몽돌」 전문

「돌과 흙으로 세상과 맞설 때」에서 원시시대가 가진 인

간다운 삶의 모습을 드러내는 방법으로 돌과 흙이 쓰였다. 이는 시인 자신이 아름답게 보고 있는 세계의 원형이라 할 수 있다.

돌은 지난 삶의 상징으로서 참다운 삶을 느끼게 하는 친화력의 표현이다. 이는 어느 구절에서도 드러나지만 특히 "불어난 강물에/ 물고기 떼 지어 가듯/ 우리도 돌칼 들고 강가를 뛰었네" 같은 표현에는 인간과 어류가 구분되지 않는 건강한 근육질을 가진 노동의 원형이 신선하게 제시되어 있다. 건강한 힘이 노동을 통하여 얻게 되는 희열과 고통은 박잠 시인이 가진 역사에 대한 유쾌한 상상력과 연관된다. 반면, "오도카니 움집을 지킬 때도" "정직하게 곡물을 키"운 흙은 생명을 자라게 하는 대지에 해당한다. 돌이 부성父性의 건강한 근육이 가진 육체적인 힘이라면, 흙은 모든 생명을 자라게 하는 모성母性의 넉넉한 품이라 할 수 있다. 그러면서 돌과 흙 모두 건강한 한 시절의 꿈과 신화에 해당한다. 이는 이어지는 시 「몽돌」에서도 드러난다. 여기서 '심해'는 흙에 해당한다. 돌은 아직 심해를 그리워 아직도 아침마다 떠오르는 해를 기다리고, 파도의 지난밤 이야기를 듣는다. 말하자면 사물은 언제나 근원을 그리고 있다는 것이다.

시인은 "보이는 것 들리는 것" 아득하기만 하고 '모든 딱딱한 것들은 녹는다'는 현대성의 논리가 지배하고 있는 현 상황에서도 여전히 돌과 흙의 상상력은 유효하다고 믿는다. 풋풋한 대자연의 품에서 세상에 맨몸으로 맞서는 건강하고도 넉넉한 한 시절을 오늘의 어려움을 극복하는 하나의 모델로 제시하고 있는 것이다. 그래서 박잠의 시에서 산을 깎아 길을 만드는 행위는 "어릴 적 오르던 동산만 한 산, 흙으로도 봉합할 수 없는 태초의 시신처럼 절단된 사지"(「산, 너에게 묻는다」)로 묘사된다.

행위자의 관점에서 당시의 정서를 노래하고 있는 박잠의 시는 도시적 정서라기보다는 확실히 노동과 비옥한 토지를 바탕으로 한 자연의 정서에 바탕을 두고 있다. 그렇다고 박잠의 시가 우리의 삶이 가지고 있는 갖가지 어려움을 외면하고 있다는 것은 아니다. 시인에게 '자연'은 자신이 꿈꾸고 있고 그리워하고 있는, 사람다운 삶을 누릴 수 있는 세계라는 보편성을 띠고 있다.

박잠의 시는 소박하면서도 진실된 성격을 가지고 있다. 그녀의 시에는 어려운 시어나 기호가 하나도 없고 시적 기교도 거의 눈에 띄지 않는다. 그럼에도 우리가 그녀의 시를 읽을 때 느끼는 진솔함은 우리의 감정을 순화시켜 주고 오늘의 삶의 현실과 근저를 되돌아보게 한다. 바로 이 점이 박잠 시가 가진 힘이다.